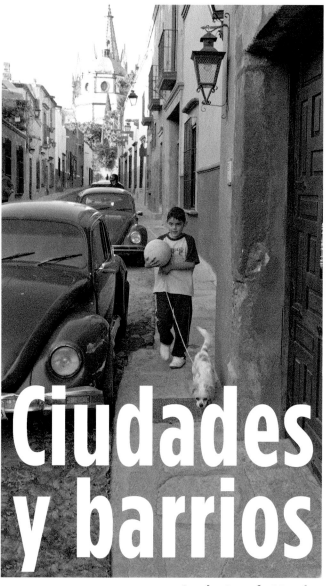

Ciudades y barrios

Lada Josefa Kratky

La mayoría de la gente por todo el mundo vive en ciudades. Las ciudades pueden ser muy diferentes. Hay ciudades tierra adentro, ciudades cerca del mar y ciudades junto a lagos y ríos.

En las ciudades hay distintos barrios. Hay barrios donde la gente vive, y barrios donde la gente trabaja y va de compras.

Los barrios donde vive la gente se llaman barrios **residenciales**. La gente puede vivir en edificios altos, en casas individuales o en botes en el agua. En este barrio la gente vive en casas individuales.

Este es un barrio residencial a orillas de un río. En estas casas viven felizmente muchas familias. Tienen todo lo que necesitan. Tienen luz eléctrica y televisión. Tienen patios y jardines y se visitan unos a otros en bote. A veces pasa un bote despacio, vendiendo cosas.

Los barrios donde la gente trabaja y va de compras se llaman barrios **comerciales**. En este barrio comercial hay muchas tiendas. En la verdulería venden vegetales, como tomates, apio y zanahorias.

Este es un barrio comercial que flota. Los botes son tiendas.

En estos botes-tiendas se venden flores, como geranios, dalias y orquídeas. Se venden frutas y vegetales. ¡Se vende de todo!

Tanto en los barrios
residenciales como en los
comerciales hay parques.
Después de un día de trabajo
o en los fines de semana, las
familias se pasean por
un parque o zócalo.

En algunos parques hay kioscos donde a veces se junta una banda para tocar música. Las familias se pasean, toman un refresco y disfrutan de la música.

En los barrios residenciales muchas familias mantienen sus propios jardines. Plantan hierbas y vegetales que podrán cosechar y disfrutar.

Pero en las grandes ciudades no hay mucha tierra. Este no es un problema nuevo. Existía ya en las ciudades de hace mucho tiempo. En la antigua ciudad de México, los aztecas resolvían el problema cultivando jardines flotantes llamados **chinampas**.

Estos jardines todavía existen. Los
vegetales de estos jardines se riegan poco,
y crecen muy bien en el agua bajo el
cielo azul.

En el futuro, quizás haya jardines
flotantes de vegetales hasta en los barrios
comerciales de algunas ciudades.

Glosario

aztecas *n.m.* antiguos habitantes de México y otros países vecinos, cuyos descendientes aún viven allí. *Los antiguos* **aztecas** *tenían una cultura muy avanzada.*

chinampa *n.f.* antiguo terreno flotante de la ciudad de México. *Hace 500 años, gran parte del alimento de la ciudad de México se cultivaba en* **chinampas** *flotantes.*

comercial *adj.* se dice de un lugar donde hay muchos negocios. *La calle Alvarado es el centro* **comercial** *del pueblo.*

kiosco *n.m.* caseta con techo, abierta por los lados, en un parque o plaza. *En los días feriados, toca una banda en el* **kiosco** *y todo el mundo se pone a bailar.*

residencial *adj.* se dice de un sitio donde hay hogares. *No se permiten negocios en la zona* **residencial***.*

verdulería *n.f.* tienda o puesto donde se venden verduras y vegetales. *No tienen tomates hoy en la* **verdulería***.*

zócalo *n.m.* plaza o parque central en algunos pueblos y ciudades. *Todos los domingos nos paseamos en el* **zócalo** *y tomamos un refresco.*